blessures de mer

À Pierre, mon filleul nouveau-né. En espérant que, pour ses quarante-deux ans, la mer, en meilleure santé, sera restée source de plaisir et d'émerveillement.

Textes : Yann Rigaud

Édition : Danielle Védrinelle assistée de Fanny Letournel
Conception graphique : studio Mango
Direction artistique : Sylvaine Beck et Thérèse Jauze
Relecture : Jacques Lapoussière
Fabrication : Marie Guibert

ISBN : 978 2 7404 2771 2
MDS : 60369
Dépôt légal : août 2010
N° d'édition : 10141
1re édition

Photogravure : Amalthéa
Achevé d'imprimer sur les presses de Deaprinting, Italie.

Biosphoto

blessures de mer

MANGO JEUNESSE

sommaire

7 Avant-propos
8 Indispensable Océan
10 Vie à tous les étages
12 Océan sans poissons
14 Géants des mers
16 Fonte accélérée des glaces
18 Quand un fleuve rencontre l'océan
20 Une forêt dans la mer
22 Herbiers de vie
24 Atolls en danger
26 La mort annoncée du corail
28 Des êtres vivants pour décoration
30 Les récifs artificiels : une solution
32 Des touristes à l'assaut des plages
34 Urbanisation du littoral
36 Développement des côtes
38 Transports maritimes

40 Espèces envahissantes
42 Rejets ou fuites de pétrole en mer
44 Du pétrole sur la côte
46 Quand les continents polluent les mers
48 Marée verte
50 Nos poubelles au fond des mers
52 Artisans de la pêche
54 Deux poissons que l'homme épuise
56 Les ravages de la surpêche
58 Un grand gaspillage
60 Requins en péril
62 Les élevages de poissons
64 Les élevages de coquillages
66 Un cas d'école
68 Impérieuses solutions
70 Lexique
71 Crédits photographiques

Kayakiste naviguant à côté d'un cétacé dans la brume, côtes de Floride, États-Unis.

Avant-propos

Parmi les planètes du système solaire, seule la Terre possède de l'eau sous ses trois états (solide, liquide et gazeux) et la composition de son atmosphère est unique. 97 % de toute cette eau est contenue dans les océans, ce qui a permis de rebaptiser notre astre "planète océane".
Depuis 4,5 milliards d'années, l'activité géologique permanente de la Terre fait glisser les continents, ouvre et referme des mers, érige des montagnes et des dorsales, ou creuse des fosses océaniques. Bien avant l'apparition de l'homme, au cours des temps géologiques, les océans se sont réunis ou divisés, prenant des noms qui nous sont étrangers : Mirovia, Panthalassa, Iapetus, Rhéique, Paléo-Pacifique, Téthys…
Aujourd'hui, par son étendue – il totalise 71 % de la surface du globe –, l'Océan mondial a une grande importance géographique. Il est aussi un facteur majeur du climat et un immense pourvoyeur de ressources naturelles.
Mais l'homme a un effet très perceptible sur l'Océan : son expansion et ses activités ont transformé les milieux marins ; la pêche et les déchets ont modifié ses eaux ; et c'est aujourd'hui son impact sur l'atmosphère qui risque d'avoir des conséquences sur toute la planète. La modification des multiples équilibres complexes de l'Océan a – ou aura – des conséquences pour chaque habitant de la Terre.
230 000 espèces vivantes, microscopiques ou géantes, des côtes ou des abysses, magnifiques ou inquiétantes, peuplent l'Océan.
Il est temps de mieux les connaître et de comprendre les mécanismes naturels marins et littoraux, ainsi que les conséquences de nos activités pour préserver ce qui fait l'unicité et la beauté de notre monde.
Il est temps, pour chacun de nous, d'adopter et de faire adopter un mode d'économie durable pour que l'humanité arrête de piller, mais vogue enfin aux côtés des habitants de la Mer.

Les mots surlignés sont expliqués dans le lexique p. 70.

Indispensable Océan

Plongeur et corail cirripathe dans les eaux de l'atoll Ari, archipel des Maldives (océan Indien).

L'écologie scientifique nous apprend depuis longtemps que nous sommes totalement dépendants des équilibres qui existent dans les écosystèmes, entre les différentes espèces animales et végétales. Les communautés vivantes se sont progressivement mises en place et continuent d'évoluer lentement. Quand l'homme bouleverse l'un de ces éléments, c'est tout l'ensemble qui est fragilisé.

Baleine à bosse nageant sur le dos et jouant avec un plongeur, au large de l'île de Rurutu, Polynésie française.

Les océans sont généreux : nous y puisons nourriture, énergie, matières premières et loisirs… Chaque année, 95 millions de tonnes sont pêchés et 45 millions de tonnes sont produits par l'aquaculture. Ce sont les poissons qui dominent, avec 75 % des prises. L'extraction de pétrole en mer représente aujourd'hui le tiers de la production mondiale. Les profondeurs abyssales, riches en manganèse, nickel, fer, cuivre ou cobalt, font l'objet de convoitises internationales. L'interface mer/terre (le littoral) est complexe. C'est la zone de l'Océan la plus riche, et il n'est pas étonnant que 60 % de la population mondiale vivent à moins de 60 km des côtes !

Mais l'humanité a des besoins toujours croissants. À force d'abus, les ressources s'affaiblissent, parfois jusqu'à épuisement. Les moyens de l'exploitation sont souvent eux-mêmes dégradants ou destructeurs. Les déchets domestiques, industriels et urbains polluent les mers. Et après l'Océan, c'est l'humanité qui en subit les conséquences néfastes.

Prenez l'exemple du réchauffement climatique, conséquence du rejet de dioxyde de carbone dans l'atmosphère : 50 % de ce carbone est capté et stocké par les océans. Si nous détruisons les écosystèmes marins et littoraux, nous perdrons de précieux alliés. Nous dégradons ce qui nous est utile.

En savoir +

L'Océan mondial est une immense étendue d'eau salée baignant les continents et les îles. On le divise communément en cinq océans : Pacifique (le plus vaste, la moitié du total), Atlantique, Indien, Antarctique ou Austral, Arctique (petit et recouvert de glace). Une mer est une partie d'un océan.

Baleines à bosse en pleine chasse collective (océan Atlantique). Elles ont une technique de pêche très particulière, le filet de bulles : elles nagent en groupe autour d'un banc de poissons en expulsant de l'air. Les poissons apeurés se retrouvent piégés au milieu de cette barrière de bulles et les baleines n'ont plus qu'à se servir !

Tortue verte "nettoyée" par divers poissons-chirurgiens striés et jaunes, île d'Hawaï.

Vie à tous les étages

Occupant 71 % de la surface de la Terre, les océans représentent un réservoir essentiel d'espèces animales et végétales : la biodiversité marine. Du rivage au grand large, de la surface au plancher océanique, la répartition des êtres vivants est complexe. Beaucoup d'espèces constituent une ressource importante pour l'humanité, et il y a fort à parier que celles qui sont encore inconnues en constitueront une pour l'avenir.

Comparé aux habitats terrestres, l'Océan paraît uniforme. Il faut pourtant modérer cette perception… La surface des mers n'est pas "plate", tout comme le relief sous-marin. D'une mer à l'autre, la salinité est différente : celle de la mer Baltique, par exemple, est cinq fois inférieure à celle de la mer Rouge. L'Océan nous apparaît stable et pourtant les courants marins mettent tout en mouvement, comme les courants d'upwelling qui emportent les eaux du fond vers la surface, créant des zones de concentration de vie. Le milieu marin change selon la profondeur et la pénétration de la lumière qui permet, ou pas, la présence de végétaux : la vie s'y organise en strates.

On connaît 230 000 espèces marines. Alors que l'Océan s'étend sur 71 % du globe et occupe un volume gigantesque – sa profondeur moyenne est de 3 800 m contre 850 m d'altitude moyenne terrestre –, il représente seulement 15 % de la biodiversité de la Terre ! Mais l'Océan a été infiniment moins exploré que les continents, et de nouvelles espèces seront sans doute découvertes dans les viviers que sont les récifs coralliens, ou encore dans les sédiments des grands fonds où se cache une microfaune. Le littoral concentre à lui seul 80 % de toutes les espèces marines. Au grand large, la faune associée au fond est la plus riche. Les abysses recèlent les seuls écosystèmes qui ne dépendent pas du Soleil et de la photosynthèse… un autre monde avec ses espèces uniques !

Voiliers de l'Atlantique, chassant un banc de sardines au large du golfe du Mexique. Ces prédateurs migrateurs, champions de la vitesse, sont eux-mêmes pêchés pour le sport ou le commerce.

Océan sans poissons

Les espèces du grand large comme celles du littoral vivent dans un équilibre complexe et subtil. Une grande partie des mécanismes en jeu échappe encore à notre compréhension. Mais avant même que l'on ait pu inventorier la totalité des espèces, les activités humaines mettent en péril des zones entières, preuves de l'impact de l'homme sur l'Océan : ce sont aujourd'hui des zones sans vie marine.

Macareux moine en vol rapportant des lançons au nid, îles Farne, au large de l'Angleterre (mer du Nord).

La vitalité des mers et des échanges entre les organismes vivants est perceptibles au-dessus comme au-dessous de la surface. Les habitants emblématiques des mers sont les poissons : il en existe environ 16 500 espèces. Le phytoplancton (les végétaux de la mer) se développe grâce au Soleil et aux éléments nutritifs, il est mangé par le zooplancton (le plancton animal). Ce dernier est consommé par des animaux filtreurs, des poissons et des cétacés. Un déséquilibre touchant un des maillons rompt rapidement cette courte chaîne alimentaire.

Les golfes et les mers fermées, isolés du grand ensemble océanique, ne peuvent pas renouveler leurs eaux et échangent moins d'organismes vivants qu'en pleine mer. Tout déséquilibre y est donc piégé. Ainsi, les nitrates et les phosphates déversés par le fleuve Mississippi dans le golfe du Mexique provoquent une gigantesque prolifération d'algues qui consomment l'oxygène de l'eau. Leur mort et leur dégradation finissent d'épuiser l'oxygène. Cela crée une zone asphyxiée, privée de toute vie, sur 18 000 km^2 !

Plus de 50 pays du monde sont confrontés à ce problème. Le phénomène est accentué par le déversage de polluants toxiques, ou la prolifération d'algues dangereuses pour les oiseaux, les poissons et les humains. La Méditerranée et la mer Noire sont ainsi menacées.

Géants des mers

Grand cachalot venant respirer en surface, archipel des Açores (océan Atlantique).

Contrairement à ce que l'on pensait autrefois, les cétacés – baleines, cachalots, orques, dauphins – ne sont pas des poissons, mais des mammifères aux ancêtres terrestres. Ils se sont tous adaptés très efficacement au milieu aquatique et presque toutes les espèces sont marines. Ce sont les plus grands organismes qui aient jamais existé, le record étant détenu par la baleine bleue. Symboles de puissance et de liberté, les cétacés ont fasciné les hommes qui leur ont pourtant livré une chasse acharnée.

Grand dauphin inspectant un filet de clôture dans un delphinarium à Eilat, Israël (mer Rouge).

Les cétacés font partie de l'imaginaire collectif. Les peuples traditionnels les chassent depuis la nuit des temps. Le XIXe siècle a permis d'étendre cette pratique et de l'industrialiser, grâce à des moyens techniques de plus en plus performants. Pourvoyeuse de viande, d'huile, d'os et de diverses matières, cette activité a généré des profits énormes. Mais l'impact sur les populations de cétacés a été désastreux. Les grandes espèces (baleines et cachalots) ont vu le nombre d'animaux considérablement diminuer, obligeant les bateaux à revenir d'année en année avec moins de prises.

En 1986, les États chasseurs, réunis au sein de la Commission Baleinière Internationale, ont décidé d'une suspension totale de cette chasse pour une durée à renouveler (un moratoire). Cependant, le Japon, la Norvège et l'Islande continuent de chasser les baleines, parfois sous des prétextes scientifiques, en invoquant l'étude des animaux.

Ce moratoire ne règle donc pas tout et, aujourd'hui encore, de nombreux cétacés sont menacés d'extinction. Car d'autres risques pèsent sur eux : l'impact de la pêche industrielle sur les chaînes alimentaires, leur capture accidentelle dans les filets, les sonars des bateaux qui les désorientent, les pollutions marines, les modifications liées au réchauffement climatique. Beaucoup d'actions restent à mener pour sauver ces magnifiques géants des mers.

Groupe de morses au repos sur un bloc de banquise au large de l'Alaska, mer de Chukchi (océan Arctique).

Fonte accélérée des glaces

L'ensemble des glaciers du monde – glaciers de montagne, calottes glaciaires, inlandsis, barrières de glace – concentrent 98 % de l'eau douce de la planète ! Les réserves les plus gigantesques sont les inlandsis du Groenland en Arctique et de l'Antarctique dans l'hémisphère Sud. Si la banquise est un bon indicateur du réchauffement global, c'est pourtant la fonte des glaciers qui est la plus inquiétante.

Contrairement à ce que l'on imagine souvent, les mers glaciales sont les plus productives, c'est-à-dire les plus riches en poids d'êtres vivants, ou biomasse. Cela est dû aux courants produits par la fonte saisonnière des glaces qui font remonter les eaux des fonds marins, chargées de matières nutritives. Celles-ci sont essentielles au développement du plancton, et donc au reste de la chaîne alimentaire. Beaucoup de poissons et de mammifères marins viennent s'y nourrir, puis regagnent le reste des océans.

Mais ces équilibres sont menacés par le réchauffement climatique global qui fait fondre anormalement les glaces. Si les variations thermiques sont naturelles, le réchauffement que nous vivons aujourd'hui est rapide et lié aux rejets de dioxyde de carbone (CO_2) d'origine humaine. Ainsi, la banquise arctique a reculé de 10 à 15 % à la belle saison ; en 50 ans, les icebergs se multiplient dans l'Atlantique Nord. La fonte s'accélère aussi en Antarctique où l'Agence spatiale américaine (la NASA) estimait en 2006 la perte annuelle à 192 milliards de mètres cubes de glace (ce qui équivaut à une couche d'eau de 0,5 mm sur l'ensemble de l'Océan mondial).

Les écosystèmes marins arctique et antarctique sont en péril : la faune importante qui les occupe n'a pas la capacité de s'adapter à des changements aussi rapides. L'homme non plus ; il dépend des courants marins qui, en se modifiant, bouleverseront les climats locaux et la répartition des ressources pour la pêche. Les États doivent s'entendre d'urgence pour trouver des solutions qui limiteront le taux de carbone atmosphérique.

En savoir +

Contrairement à ce que l'on pourrait penser, la fonte des banquises n'a aucun effet sur le niveau marin puisqu'il s'agit d'eau de mer gelée, mais la fonte de la totalité des calottes glaciaires provoquerait une élévation du niveau des mers de 70 mètres !

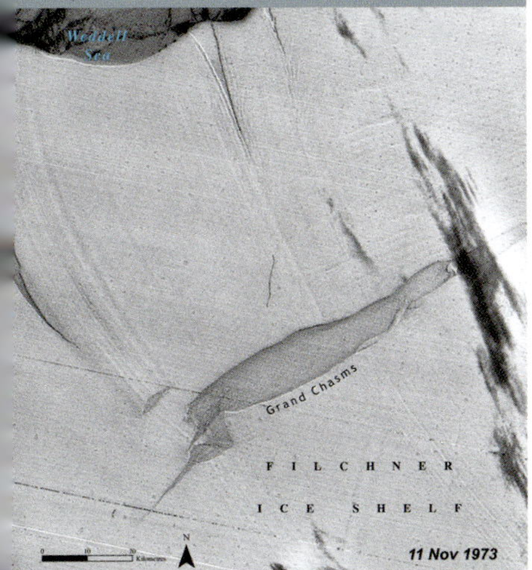

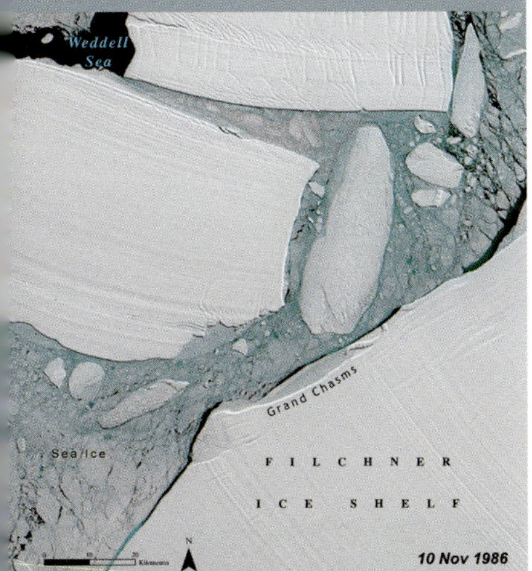

Barrière de glace de Filchner-Ronne (Antarctique), vue par satellite, en 1973 et en 1990. En 1986, elle s'est brisée, formant trois énormes icebergs qui vont lentement rejoindre la mer de Weddell (océan Austral).

Chenaux serpentant dans une vasière littorale, paysage semblable à ceux des estuaires et deltas, Parc National du Banc d'Arguin, Mauritanie.

Quand un fleuve rencontre l'océan

Les estuaires et les deltas sont des zones de rencontre entre les eaux douces venues des continents et les eaux marines. Les variations de la salinité, suivant le site et la marée, les zones humides liées au fleuve, et les alternances saisonnières y créent des conditions de vie favorables pour la faune et la flore. Ces espaces naturels abritent à la fois des espèces marines et d'eau douce : la diversité biologique y est donc impressionnante.

Lorsque le littoral est très plat, les sédiments apportés par le fleuve s'accumulent sur une immense surface, en forme de triangle ouvert sur l'océan. Le fleuve s'y perd en de multiples bras et méandres, qui se séparent ou se rejoignent, formant d'innombrables îles. Il s'agit alors d'un delta, l'un des écosystèmes les plus productifs de la Terre.

Les eaux douces arrivent chargées de matières nutritives qui permettent à la végétation de pousser beaucoup et rapidement. Cette végétation dense offre un abri pour les nids d'oiseaux, et pour les migrateurs qui y font escale. Dans la vase et l'eau, crustacés, poissons et oiseaux se nourrissent en abondance, et de nombreuses espèces marines viennent s'y reproduire. C'est pourquoi l'homme habite et exploite les ressources (navigation, pêche, chasse, matériaux végétaux) des deltas depuis bien longtemps. Certains, en particulier en Asie, sont même extrêmement peuplés : 145 millions d'habitants dans le delta du Gange et du Brahmapoutre !

Aigrette garzette parmi les salicornes du delta de l'Ebre, Espagne.

Outre leur surexploitation, les deltas concentrent les pollutions qui arrivent de l'amont. De plus, les retenues de sédiments, qui se multiplient avec les barrages ou les digues, les "amaigrissent". Et si leurs sous-sols sont exploités pour en extraire des hydrocarbures ou de l'eau, ils se tassent et coulent, provoquant l'affaissement du delta tout entier. Ce phénomène risque d'avoir de graves conséquences face à la montée prévisible du niveau des océans, d'autant que les deltas sont déjà très exposés aux tempêtes.

La rapidité de disparition de ces écosystèmes a suscité beaucoup de travaux de recherche, de programmes de sauvegarde et de conventions internationales (comme la Convention de Ramsar). Le défi consiste à permettre aux habitants d'utiliser leurs ressources sans les modifier, ni les épuiser, selon un modèle durable.

Une forêt dans la mer

Mangrove et palétuviers au crépuscule, archipel des Bijagos, au large de la Guinée-Bissau (océan Atlantique).

Les mangroves sont des forêts côtières tropicales, inondées par l'Océan. Elles bordent 75 % des littoraux tropicaux, occupant 150 000 km². Elles poussent à la frontière entre terre et mer, dans les zones littorales plates, là où les sédiments s'accumulent. C'est un écosystème stable, qui maintient les conditions de sa survie. Pourtant, les mangroves sont partout en forte diminution : elles ont perdu 20 % de leur surface ces trente dernières années.

Fillette participant à un programme de reboisement de la mangrove, destiné à protéger le littoral contre l'érosion marine, côtes du Kenya (océan Indien).

Les arbres qui composent la mangrove, les palétuviers, sont des champions ! Ils poussent dans des conditions incroyables : situés dans la zone de balancement des marées, ils supportent une salinité de l'eau variable. Cette dernière est pauvre en oxygène, le sol vaseux est instable et il subit tour à tour dessèchement et inondation...

Pour s'adapter à de telles difficultés, les palétuviers ont développé des "racines échasses" pour l'ancrage et des racines aériennes pour "respirer" pendant l'immersion. Ils ont aussi un ingénieux système de nurseries pour leurs graines : celles-ci grandissent d'abord sur l'arbre, pour tomber dans l'eau une fois capables de s'y développer. On trouve peu de diversité végétale dans une mangrove, mais la productivité des palétuviers est aussi grande que celle de forêts tropicales comme l'Amazonie !

La mort et la chute des végétaux constituent le début de la chaîne alimentaire, qui permet à une multitude d'animaux microscopiques, puis d'invertébrés et de crustacés de vivre. Des animaux marins y passent une partie de leur cycle de vie. Mammifères, oiseaux et reptiles y abondent.

Ce milieu riche, qui protège les côtes de l'érosion marine et limite la violence des tempêtes, subit les aménagements humains : constructions pour l'habitat ou le tourisme, marais salants, bassins d'aquaculture, en particulier pour l'élevage des crevettes, pollutions. La rapidité de la disparition des mangroves dans le monde est un drame pour la biodiversité côtière et marine.

Herbiers
de vie

Mais quelle est cette folie ? Des herbiers, des herbages ou des forêts… sous la mer ! Cela semble impossible. Pourtant ils existent ! Évidemment, ces milieux naturels n'ont rien à voir avec les forêts ou les prairies terrestres, mais ils leur ressemblent. Il s'agit d'écosystèmes discrets à nos regards, car ils sont totalement submergés. Cependant, ils sont très variés et jouent un rôle important.

Oursin granuleux dans un herbier de posidonies (plantes marines), île de Porquerolles, France (mer Méditerranée).

Les herbiers et les forêts sous-marins se répartissent sur presque toutes les côtes du monde, sauf en Antarctique. Ils sont présents là où la lumière est suffisante pour le développement des végétaux, c'est-à-dire à faible profondeur, essentiellement sur le plateau continental, près du littoral.

Plongeur dans une forêt de kelp (algues géantes), au large de la Californie, États-Unis (océan Pacifique).

Si les deltas et les récifs coralliens le sont beaucoup, les herbiers constituent l'écosystème le plus productif des océans, comparables pour les végétaux aux forêts terrestres. Ils permettent donc à une très grande quantité d'espèces d'invertébrés et de poissons d'y vivre et de s'y reproduire. C'est pourquoi ces milieux ont une grande importance pour la pêche.

Même si des algues y poussent, les herbiers sont principalement constitués de plantes à fleurs, comme celles que l'on voit partout sur terre. Ces tapis de feuilles longues, étroites et vertes, rappellent les herbages des prairies de graminées. Zostères, posidonies, *Thalassia* ou "herbe à tortue "… : ces plantes garantissent la bonne santé des mers.

De même, des algues géantes constituent aussi des milieux de grande importance qui prennent, en raison de leur taille démesurée, le nom de forêt sous-marine. C'est le cas de la "forêt de kelp" du Pacifique dont les immenses laminaires abritent loutres de mer, phoques, oursins, étoiles de mer, crustacés, mollusques gastéropodes, poissons (requins, cabezons, sardines…). Comme ailleurs, les pollutions et l'envasement asphyxient les herbiers. Mais ils sont surtout détruits par les chalutiers qui raclent les fonds marins et par les ancres de bateaux.

Atolls en danger

Vue aérienne d'un atoll à peine émergé de l'archipel des Maldives (océan Indien). Les Maldives comptent 24 atolls et 1 200 îles, dont seulement une centaine est habitée. Les autres peuvent accueillir des hôtels de luxe.

Les atolls sont le fruit de plusieurs millions d'années d'évolution. Ces îles circulaires, à fleur d'eau, sont vulnérables. Leur équilibre est fragile, leur formation est lente et l'élévation constatée du niveau marin les menace directement. Ainsi, les habitants des atolls se préparent à devenir les premiers réfugiés écologiques.

Au commencement, des animaux, les coraux, se développent sur les bords immergés d'une île volcanique. Le corail a besoin de chaleur et de lumière, il se développe donc près de la surface, tout autour du volcan. Au fil des millénaires, le volcan, qui suit le mouvement de la plaque océanique, s'enfonce peu à peu. Les coraux, qui ont eux aussi une croissance lente, compensent l'enfoncement en se développant vers le haut. Après quelques millions d'années, le sommet du volcan finit par disparaître sous les eaux. Il ne reste alors que sa couronne corallienne qui continue de croître pour rester en surface. Ces récifs au milieu de l'océan protègent une étendue de mer intérieure, le lagon. Les îles émergent de quelques mètres au-dessus de l'eau. Elles peuvent être vastes et habitées.

Vagues du lagon menaçant une maison de l'atoll de Funafuti, République de Tuvalu (océan Pacifique Sud).

Aujourd'hui, de nombreux atolls sont menacés. Le réchauffement climatique global provoque la fonte des glaciers dont les eaux augmentent le volume océanique, et une élévation de la température des océans. Ces phénomènes ont pour conséquence une hausse du niveau moyen de la mer de 1 à 3 mm par an depuis 1900, alors qu'il était stable depuis 3 000 ans. Les atolls et leurs habitants seront les premières victimes de cette élévation car ils se retrouveront immergés.

La construction de digues – déjà en marche – préservera-t-elle les peuples de ces îles ?

En savoir +

Souvent très éloignés de toute côte, les atolls de l'Indopacifique ont été occupés successivement par des peuples de navigateurs et de pêcheurs d'origines différentes, qui ont mêlé leurs cultures, formant un ensemble disparate.

Banc de barbiers rouges autour de récifs coralliens, île de Zabargad, Égypte (mer Rouge).

Biochimiste étudiant les causes du blanchiment du corail. Les échantillons de corail mis en culture, puis prélevés à différentes profondeurs seront ensuite analysés en laboratoire.

La mort annoncée du corail

Les premiers récifs coralliens sont apparus il y a plus de 500 millions d'années. Peu présents dans les mers tempérées, ils se développent essentiellement dans les eaux chaudes des mers tropicales. Ils ont besoin de beaucoup de lumière, ce qui explique leur présence toujours à faible profondeur. Ces étonnantes constructions animales sont l'œuvre d'un tout petit être, qui bâtit pourtant de grandes et durables colonies. Mais elles ne sont pas en bonne santé.

Blanchiment de coraux cornus au large des îles Maldives (océan Indien).

Lorsqu'il vit en colonies, le corail existe sous une forme fixée – que l'on nomme polype – constituée d'un tube pour corps et terminée par des tentacules. Ces polypes vivent en symbiose avec des algues microscopiques qui leur fournissent des nutriments et de l'oxygène, en échange d'un abri stable, protégé et enrichi en éléments minéraux. Voilà pourquoi, pour leurs algues, les coraux ont besoin de lumière ! Les polypes fabriquent une enveloppe dure qui, par accumulation pendant des siècles, façonne les récifs. Ce milieu naturel est incroyablement riche : sur une surface infime des océans, il abrite 2 millions d'espèces différentes.

Mais, depuis environ vingt ans, plus de la moitié des récifs coralliens connus souffrent d'un mal étrange : ils blanchissent, puis meurent. Ce blanchiment résume à lui seul les problèmes de l'Océan, car ses causes sont nombreuses, liées et complexes. Aux pollutions et à l'envasement par l'apport excessif de sédiments s'ajoutent les conséquences du réchauffement climatique sur les océans (les mers deviennent plus chaudes et plus acides). D'autres actions néfastes directes de l'homme mettent en péril les récifs : pillage du corail et de l'écosystème pour le commerce, pêche à la dynamite et extraction du sable corallien. Enfin, les déséquilibres créés peuvent favoriser des animaux prédateurs des coraux, comme l'étoile de mer épineuse. Les remèdes sont globaux : limitation du réchauffement climatique et des pollutions qui tuent le corail et ses algues symbiotiques.

En savoir +

Le corail est un animal de l'embranchement des Cnidaires, un groupe qui rassemble aussi les anémones de mer et les méduses.

Des êtres vivants pour décoration

Trophée de pêche, souvenir de voyage, objet décoratif, utilitaire ou ludique… La capture d'êtres vivants à des fins non alimentaires existe depuis bien longtemps. Elle a nourri un commerce croissant et a dépeuplé de nombreux écosystèmes. Source de revenus importants dans des régions pauvres, elle prend parfois l'aspect d'un véritable pillage.

Poissons-clowns à 3 bandes prélevés pour l'aquariophilie et stockés en bac à Manille, Philippines. Il y a un fort taux de mortalité parmi les individus capturés.

La Convention sur le commerce international des espèces de faune et de flore sauvages menacées d'extinction (CITES ou Convention de Washington) est entrée en vigueur en 1975. Signée par 169 pays, elle aide les États membres à réguler et contrôler les échanges. Mais aujourd'hui, toutes les espèces ne sont pas prises en compte et le trafic illégal reste énorme.

C'est le commerce des poissons tropicaux d'ornement qui touche le plus grand nombre d'animaux au monde ! Rien qu'en France, environ 1 million de poissons marins sont détenus dans les aquariums de particuliers. Et presque tous sont capturés dans leur milieu naturel, parfois par des techniques qui altèrent les écosystèmes (utilisation d'un poison, le cyanure, ou d'explosifs). Les espèces les plus recherchées sont les coquillages (beaux, colorés, ou de grande taille comme les bénitiers), les coraux, les tortues (pour la carapace, ou le trophée), les requins (pour les dents, ou le trophée).

Pour déjouer ces trafics, des solutions sont testées comme l'information et la meilleure rémunération des pêcheurs locaux. S'ils optent pour des pratiques durables et respectueuses de l'environnement, leurs produits seront commercialisés sous un label de certification. L'élevage local, quand il est possible, est aussi développé. Mais avant tout, il faut responsabiliser les acheteurs.

Étoiles de mer pêchées près de Parati, une ville touristique brésilienne (océan Atlantique).

Plongeur et récif artificiel installé au parc marin de la Côte Bleue, dans le sud de la France (mer Méditerranée), pour favoriser la fixation de la faune et de la flore marines, et maintenir une activité de pêche professionnelle.

Plongeur et épave du Thistlegorm, *qui fut coulé en 1941, pendant la Seconde Guerre mondiale, péninsule du Sinaï, Égypte (mer Rouge).*

Les récifs artificiels : une solution

Depuis bien longtemps, les pêcheurs ont remarqué que certains reliefs sous-marins – récifs, tombants, failles, chaos naturels… – sont des zones où la vie est abondante. Dès le Moyen Âge, pour recréer ces milieux et accroître les populations marines, les Japonais immergeaient des éléments de bambous. Mais, peu à peu, la surpêche et la modification des zones côtières ont dépeuplé les eaux littorales de leurs poissons.

À l'époque moderne, la prolifération des animaux et des végétaux sur les épaves de navires dans les zones de faible profondeur a relancé l'intérêt pour les récifs artificiels. Pour favoriser l'installation d'êtres vivants, on a commencé par couler volontairement des structures et des navires en fin de vie dans des endroits stratégiques. Cette technique, utile mais assez grossière, peu adaptée et potentiellement polluante, cède peu à peu la place à l'immersion de récifs artificiels construits dans un objectif déterminé. Ces structures sont en effet adaptées à des communautés marines précises. Leur but est de repeupler et de maintenir la faune et la flore des eaux côtières.

Ces récifs, qui imitent la nature, deviennent des sites de vie, des refuges et des lieux de reproduction pour les animaux. Après immersion, des organismes pionniers s'installent – vers et mollusques, algues… –, suivis d'espèces plus stables – alcyonaires, gorgones, anémones de mer, éponges, jeunes poissons –, et enfin d'espèces à valeur marchande. Les résultats sont excellents.

Si les récifs permettent aussi d'éviter le chalutage, les pêcheurs capturent aux alentours des poissons qu'ils ne voyaient plus. Ainsi, ils sont totalement partie prenante de la bonne gestion des stocks.

En savoir +

Avec 20 millions de mètres cubes de récifs artificiels immergés sur tout leur littoral, les Japonais sont les maîtres incontestés de cette pratique.

Des touristes à l'assaut des plages

Foule de touristes envahissant une plage à Qingdao, en Chine, au bord de la mer Jaune (océan Pacifique).

Le tourisme sur le littoral a été inauguré en France au XIXe siècle et s'est développé pendant la première moitié du XXe siècle grâce, notamment, aux congés payés. C'est aujourd'hui le type de tourisme le plus pratiqué dans le monde. Cette source importante d'emplois et de revenus sert souvent à justifier bien des dégradations qui mettent en péril les côtes attrayantes, partout dans le monde.

L'accueil du tourisme de masse est gourmand en surface. Il entraîne la concentration des espaces urbains côtiers, avec des installations saisonnières pas toujours adaptées à l'accroissement temporaire des touristes. Cette privatisation et cette urbanisation du littoral modifient et fragmentent les habitats, sillonnés par des routes.

Dans les secteurs touristiques, les eaux côtières sont polluées par les rejets d'eaux usées et les déchets solides. Ce phénomène est accentué par les rejets de la navigation de plaisance, parfois très concentrée comme dans le golfe du Morbihan en France. La multiplication des visiteurs perturbe les sites et les animaux qui les occupent, particulièrement les oiseaux nicheurs des grèves ou de la dune. Elle dégrade aussi la végétation par le piétinement.

Les activités nautiques sont souvent sources de nuisances pour les animaux marins, notamment les cétacés. Les herbiers sont raclés par les ancres des bateaux de plaisanciers. La chasse sous-marine de loisir prélève les poissons, alors même que les professionnels sont tentés de pêcher davantage pour vendre leurs prises afin de satisfaire la demande pendant la saison touristique. Enfin, le nettoyage mécanique des plages achève d'artificialiser et de banaliser les milieux côtiers en supprimant ce qu'il restait de naturel : laisse de mer nécessaire aux microorganismes et aux oiseaux, et sites de nidification.

Pourtant, les nouveaux modes de tourisme durable, vert, ou d'écotourisme poussent les stations balnéaires à s'orienter vers une protection des milieux, l'amélioration de la qualité des eaux de baignade et la création d'aires protégées.

Pratique du jet ski dans la baie de San Francisco en Californie, États-Unis (océan Pacifique).

Urbanisation du littoral

Lieu de rencontre entre continent et océan, le littoral est particulièrement important pour la biodiversité. Les zones humides ou le plateau continental immergé sont des sites de reproduction essentiels pour de nombreuses espèces océaniques. Mais, dans le monde entier, les littoraux sont très attractifs pour les sociétés humaines. De la villa en bord de mer aux mégalopoles côtières et aux ports, les aménagements urbains grignotent – bien plus que l'érosion marine – le littoral mondial.

Île artificielle en forme de palmier, en cours de construction à Dubaï dans le golfe persique (Émirats arabes unis). Elle abritera des hôtels et des magasins pour les touristes.

Building-hôtel sur l'île d'Aruba dans les Petites Antilles (mer des Caraïbes).

L'aménagement côtier répond à deux besoins humains : l'activité économique et les loisirs. Les ports assurent le transport maritime des marchandises et des personnes, l'activité de pêche, la construction navale et les bases militaires. Ce sont des lieux stratégiques importants partout dans le monde. Ainsi, de grandes villes actuelles ont pour origine un port, comme Shanghai, Rotterdam, Marseille ou New York.

Ailleurs, c'est la notion de loisirs et de tourisme balnéaire qui a concentré les activités, les logements et les ports. L'industrie du tourisme, qui a essentiellement pris son essor dans la seconde moitié du XXe siècle, draine des profits considérables mais elle est une grande "consommatrice" d'espaces naturels.

Quelle qu'en soit l'origine, l'accumulation des aménagements a profondément modifié les côtes : aéroports, routes, villes, ports... ont détruit de nombreux sites naturels. Les milieux littoraux sont d'autant plus importants qu'ils sont très localisés : ils occupent une étroite bande longeant les îles et les continents. Penser des villes côtières moins destructrices, moins polluantes et plus durables est une urgence.

En savoir +

La plus grande partie de l'humanité vit près des côtes. Ainsi, dans plusieurs pays d'Asie, la majorité des populations et des activités économiques se situe sur la façade littorale.

Développement des côtes

Vue aérienne des digues du port de Sète, France (mer Méditerranée).

Que l'aménagement du littoral soit à vocation urbaine, industrielle ou touristique, il prend la place des milieux naturels d'origine. Sans contester le fait de vivre, de travailler ou de se divertir en bord de mer, l'expansion insensée et souvent peu gérée de l'habitat humain et des infrastructures réduit partout ce qui fut la nature. Un développement côtier mieux pensé et durable s'impose.

Ces aménagements sont d'abord dus à l'attrait des hommes pour le littoral. Mais toute concentration humaine engendre aussi une augmentation des nuisances. Ainsi, le développement urbain des côtes entraîne la création de réseaux de routes et de chemins de fer qui détruisent les habitats naturels et les morcèle. Cette fragmentation limite les échanges entre les populations d'animaux et aussi de végétaux, pourtant sources indispensables d'équilibre et de diversité.

Containers dans le port de Hambourg en Allemagne, estuaire de l'Elbe, près de la mer du Nord.

Quant aux aménagements portuaires, industriels, de pêche ou de plaisance, ils modifient les courants, les échanges de sédiments et de sable. Ces changements perturbent les équilibres auxquels s'étaient adaptés les êtres vivants.

Treize des dix-neuf villes de plus de 10 millions d'habitants sont côtières : c'est dire l'impact de l'urbanisation sur la vie même des océans. Car les pollutions sont diffusées ailleurs par les courants, stockées dans les sédiments, ou concentrées dans les êtres vivants. Seule une ville sur dix dans le monde dispose d'un système d'épuration des eaux usées ; les autres sont mal ou pas équipées. Ce sont les eaux usées qui partent directement dans la mer, l'engraissant jusqu'à l'asphyxie, y déversant des toxiques chimiques et toutes sortes de microbes dans des vases nauséabondes. Ainsi, les conséquences physiques ou chimiques de l'aménagement côtier modifient toute l'écologie littorale et océanique sur l'ensemble de la planète.

Pétrolier attendant son chargement dans le port de Fujairah, Émirats arabes unis.

Transports maritimes

Le transport maritime est le premier mode d'acheminement international de marchandises. Il est aussi le moins polluant car il produit peu de gaz à effet de serre. Le transport de biens n'a cessé d'augmenter alors que le transport de personnes, infiniment moins important, est surtout voué aux croisières.

Chantier de démantèlement d'un navire au Pakistan, mer d'Oman (océan Indien).

Dans les années 1960, le trafic maritime se rationnalise avec la création des conteneurs (ou containers) qui traversent les mers sur des navires porte-conteneurs. Cette croissance permanente va de pair avec l'augmentation des risques et de leurs conséquences. Mais il faut les relativiser car 80 % des pollutions marines viennent de la terre.

Les bateaux sont susceptibles de rejeter directement en mer les eaux usées et les déchets solides. Dans les baies et les golfes, cette pollution vient s'ajouter à celles d'origine terrestre. Les pertes de cargaison par chavirage ou naufrage ne sont pas rares. S'il s'agit de substances toxiques, elles sont alors déversées et finissent par gagner les côtes. Les naufrages représentent aussi un risque de pollution par les substances liées à l'épave elle-même (carburant, machinerie, peinture).

Quant au désarmement des navires en fin de vie et à leur retraitement, ils sont souvent réalisés dans des pays pauvres par de véritables forçats sur des chantiers très polluants. Les économies faites sur le matériel, l'entretien et les marins asservis accentuent tous ces risques.

Mais la pollution majeure concerne le transport involontaire d'espèces partout dans le monde, sur les coques et dans les eaux des ballasts des navires. Insidieuse, elle provoque la diffusion d'espèces envahissantes.

En savoir +

Les peintures anti-salissures (ou anti fouling) qui protègent les coques des navires empêchent les organismes marins de se fixer : ce sont des poisons pour les êtres vivants. Bien que réglementées, elles restent néanmoins très toxiques en se diffusant dans les océans.

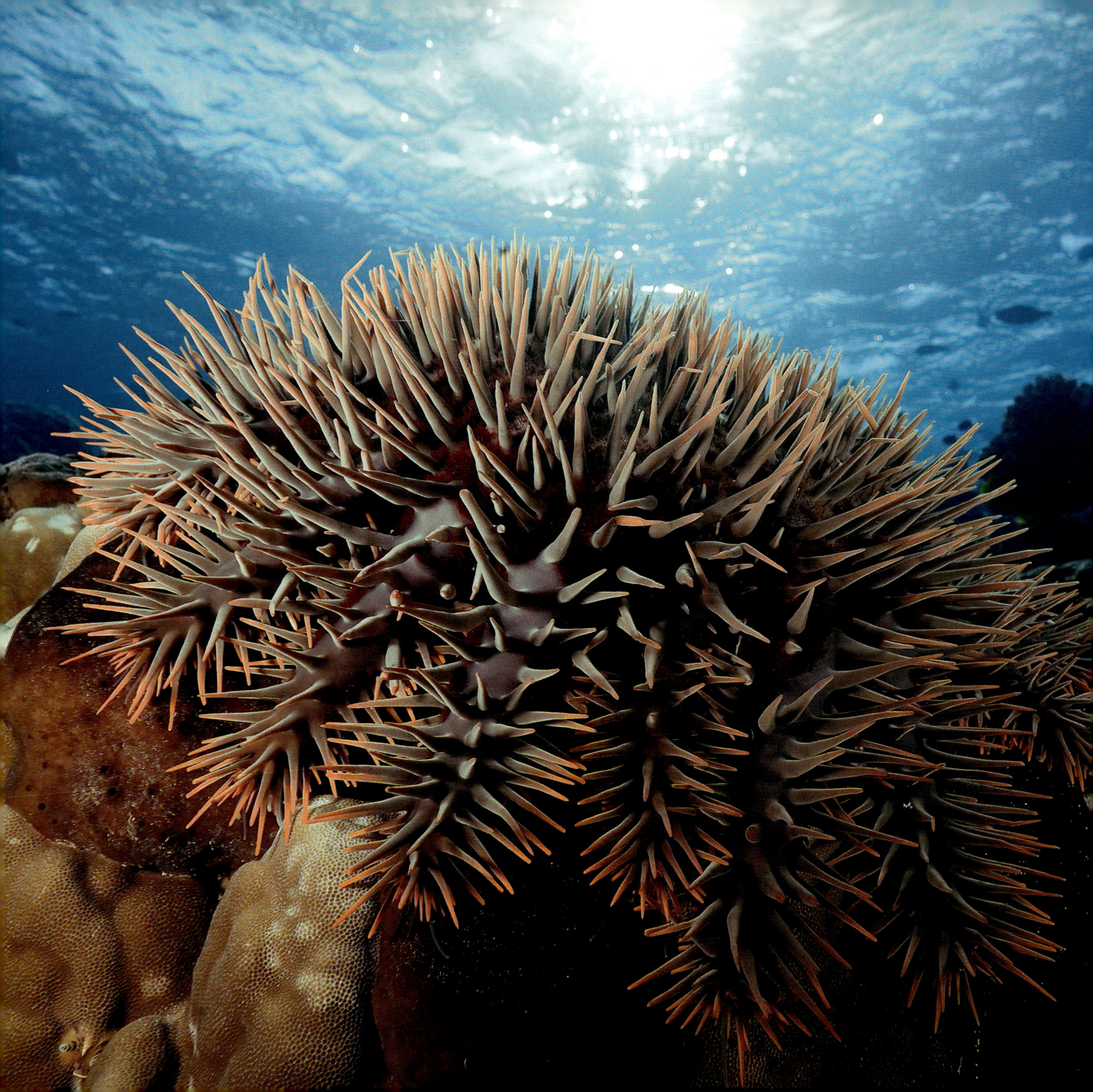

Étoile de mer épineuse sur du corail, archipel des Tuamotu en Polynésie (océan Pacifique Sud). Cette étoile de mer est une dévoreuse de corail et détruit des kilomètres de récif. Son seul prédateur, un escargot de mer, est aujourd'hui en voie de disparition.

Espèces envahissantes

Depuis le XIXe siècle, le commerce et les échanges internationaux n'ont cessé de se développer. Des passages maritimes ont été ouverts, reliant des mers autrefois séparées et favorisant de nouveaux échanges. Du coup, des individus sont transportés, volontairement ou non, par l'homme et se dispersent alors un peu partout.

On perçoit facilement la pollution des mers par les rejets d'eaux usées, de détritus, d'hydrocarbures. Mais, de plus en plus souvent, des espèces sont à l'origine de la dégradation d'écosystèmes naturels : on parle alors de pollution biologique, ou bio-pollution.

Des marins draguent les fonds pour éliminer les populations de crépidules dans la baie du Mont-Saint-Michel. Ce coquillage est un véritable parasite : il se fixe sur les huîtres et autres moules et les empêche de se nourrir.

En 1869, la construction du canal de Suez, qui relie la mer Rouge à la Méditerranée, a ouvert une nouvelle voie migratoire. La hausse de la température de la Méditerranée a permis aux nouveaux arrivants de s'installer (63 % des poissons exotiques en Méditerranée viennent de la mer Rouge ; en tout 5 % de la faune et de la flore ont emprunté ce canal). Et à Suez, comme partout ailleurs, poissons, invertébrés, algues et plantes aquatiques ont profité des ballasts des navires pour migrer.

Ces cas sont nombreux et en augmentation. Ainsi, le petit crabe pinceau d'origine asiatique a colonisé 800 km de côtes françaises en quatre ans. La crépidule d'Amérique du Nord, arrivée avec des huîtres d'élevage, se développe anarchiquement le long de nos côtes et concurrence nos huîtres et nos moules qui n'ont plus assez de nourriture et sont chassées progressivement. Les végétaux ne sont pas en reste : la caulerpe, une algue verte tropicale échappée de l'Aquarium de Monaco, a envahi les herbiers méditerranéens, appauvrissant ou détruisant le milieu. Quand une telle espèce exotique trouve des conditions de vie favorables et se multiplie aux dépens de l'écosystème qui l'accueille, elle est dite envahissante ou invasive.

En savoir +

En modifiant le climat et les milieux naturels, l'homme favorise le développement anormal de certaines espèces indigènes (c'est-à-dire des espèces qui vivent dans leur aire de répartition et n'ont pas été introduites par l'homme).

Rejets ou fuites de pétrole en mer

Puits de forage et marée noire dans la mer Caspienne. Le forage à grande échelle en eau peu profonde risque de détruire les écosystèmes fragiles de cette ancienne mer devenue lac.

Le pétrole s'est imposé comme notre principale source d'énergie. Après le charbon au XIXe siècle, il a permis, au XXe siècle, l'incroyable développement de nos sociétés industrialisées et l'autonomie des déplacements individuels. Mais c'est aussi le drame de notre civilisation, car sa combustion est la cause d'une pollution atmosphérique inquiétante, des pays se disputent cet "or noir" et sa dispersion en mer tue beaucoup d'animaux.

Plate-forme d'extraction pétrolière au large des côtes du Brésil (océan Atlantique).

Pour les océans, un des effets dramatiques du pétrole est lié à son extraction et à son transport : c'est la pollution marine par les hydrocarbures. En effet, un cinquième de la production mondiale vient des plates-formes pétrolières, dites offshores, qui exploitent des gisements en mer. Et plus d'1,5 milliard de tonnes sont acheminés chaque année, soit entre un tiers et la moitié du transport maritime.

Avec environ 6 millions de tonnes par an déversés dans les océans, la pollution aux hydrocarbures est la première des pollutions marines. Plusieurs formes de déversement sont possibles. Lors des recherches pétrolières et du forage, des fuites ou la libération de boues chargées de pétrole peuvent avoir lieu. D'autres se produisent parfois lors des pompages, des chargements et déchargements des navires dans les ports. Les fuites de puits de forage difficiles à maîtriser existent depuis longtemps, mais celle qui touche le golfe du Mexique a révélé l'ampleur du problème au monde entier.

À côté de ces accidents, les déversements volontaires sont les plus condamnables. En effet, des tankers vidangent le goudron sale de leurs cuves en pleine mer pour éviter de payer le coût du nettoyage. Ce sont les déballastages et les dégazages. Et bien d'autres bateaux rejettent les résidus du fonctionnement des moteurs en mer.

Des solutions existent, mais sont encore peu appliquées : améliorer la sécurité des plates-formes pétrolières, lutter contre les pavillons de complaisance, renforcer des règles maritimes internationales, favoriser des déballastages contrôlés, traquer les dégazages en mer, responsabiliser les exploitants (principe du pollueur-payeur)...

Oiseau de mer englué dans une nappe de pétrole près du port de Khafji dans le golfe Persique (Arabie Saoudite).

Du pétrole sur la côte

Les pollutions aux hydrocarbures ne sont pas toujours visibles ou spectaculaires, car elles peuvent rester au large des côtes. Elles sont pourtant lourdes de conséquences. Certaines, accidentelles, impliquent de grosses quantités de pétrole qui déferlent sur les côtes : les marées noires. Celles-ci sont toujours vécues comme un drame par les riverains et par le reste de la population.

8 000 pétroliers sillonnent chaque année les océans. Leurs accidents sont à l'origine de 6 % seulement des déversements de pétrole en mer. Cependant, en cas de naufrage, tout ou partie de leur cargaison risque d'être déversée dans l'eau de mer. Le pétrole s'étire alors en un film à la surface, formant une nappe qui se fragmente au gré des courants.

Que les hydrocarbures soient en nappe ou en gouttelettes, que l'origine de la marée noire soit accidentelle ou pas, les premières victimes sont les animaux marins liés à la surface. Mammifères et oiseaux s'intoxiquent par ingestion, ou sont souillés, parfois même englués et n'ont aucune chance de survivre. Poissons et micro-organismes (plancton) sont atteints et intoxiquent leurs prédateurs. Les marées noires détruisent tous les milieux littoraux qu'elles touchent : rochers, plages, vasières, marais, mangroves, récifs de corail...

Pétrolier en perdition déversant du pétrole en feu dans le golfe du Mexique (océan Atlantique).

Les moyens de décapage sont nécessaires, mais leur puissance risque aussi de supprimer les organismes fixés, mettant à nu les rochers. Dans les milieux naturels à fond sableux ou vaseux ou occupés par la végétation, le décapage et l'extraction de masse sont impossibles à réaliser. La destruction des sites naturels atteint aussi les activités économiques qui leurs sont liées : pêche, aquaculture, saliculture, tourisme...

Les solutions évoquées depuis des années tardent à être généralisées : stricte évaluation de l'état des bateaux, suppression des navires anciens et à risque, développement des navires sécurisés et à double coque, amélioration des conditions de travail des marins, règlementations maritimes internationales, responsabilisation des exploitants (principe du pollueur-payeur).

En savoir +

Le premier accident important fut celui du *Torrey Canyon*, en mars 1967, près des côtes britanniques : 121 000 tonnes de pétrole brut s'échappèrent du bateau échoué. La plus grande marée noire eut lieu en janvier 1991 dans le golfe Persique : 800 000 tonnes de pétrole furent libérés lors de la guerre du Golfe.

Quand les continents polluent les mers

Canalisation rejetant des produits chimiques sur une plage et en mer, Nouvelle-Zélande (océan Pacifique Sud).

Longtemps l'homme a ressenti l'immensité quasi infinie de l'Océan, sa profondeur gigantesque, son mouvement et son renouvellement permanent, sa pureté... Mais aujourd'hui, les océans nous renvoient les conséquences de nos actes, en particulier par les pollutions qui contaminent les espèces marines, les eaux de baignade, les ports, les baies et les plages. Longtemps, nous avons cru que cet ogre sans fond allait digérer nos excès. Or, il nous livre l'image d'un univers limité, fragile et en souffrance.

L'humanité considère la mer comme un vaste égout. Ce constat semble choquant, mais la réalité l'est encore plus : 80 % des pollutions marines viennent des terres et des activités humaines. Certains pays n'épurent pas les eaux usées urbaines : elles rejoignent rivières et fleuves qui les déversent dans la mer. Les eaux littorales sont alors chargées des déchets organiques de nos toilettes et de nos cuisines. Cet apport en matières nutritives est augmenté par les cours d'eau qui charrient les excédents d'engrais agricoles et les résidus d'élevages d'animaux domestiques. Ce cortège est accompagné de microbes qui rendent les eaux côtières risquées pour la baignade, pour la pêche ou l'élevage de coquillages.

Ces eaux riches nourrissent des algues, qui poussent exagérément en consommant l'oxygène de l'eau de mer. Quand elles meurent, leur décomposition assurée par des bactéries asphyxie l'eau de mer et, en conséquence, les êtres vivants. Ainsi, des zones mortes sont répertoriées dans le monde.

Empruntant les mêmes voies, les déchets chimiques et les métaux lourds, issus des activités agricoles et industrielles, représentent une autre menace. Ils tuent les organismes marins ou les intoxiquent. Car, maillon après maillon de la chaîne alimentaire, ils sont stockés, passant du plancton aux poissons prédateurs et aux mammifères marins. Quant aux déchets nucléaires civils et militaires, issus des rejets ou fuites, des déchets en conteneurs immergés volontairement, ou des navires à l'abandon, leur "digestion" par l'océan est en cours, lente, secrète, incertaine et lourde de menaces.

Poissons morts, empoisonnés par une fuite des égouts au Brésil (océan Atlantique).

Marée verte

Dans certaines zones du littoral, les végétaux sont très présents. La couverture des rochers par le varech, ou goémon, est naturelle et a même été utilisée en Bretagne pour en extraire de l'iode ou des engrais agricoles. Mais l'arrivée, à la belle saison, d'énormes quantités d'algues vertes sur les plages est anormale et trahit un déséquilibre provoqué par l'homme.

Marée verte sur une plage de la baie de Saint-Brieuc, France (Manche).

En 1911, des Britanniques ont fait le lien entre la sortie d'un égout et la prolifération d'algues vertes, nommées ulves. Dans les années 1960, au début de l'intensification de l'agriculture, on constata leur arrivée sur le littoral breton. Depuis, leur prolifération n'a cessé d'augmenter. Aujourd'hui, ce sont environ 60 000 tonnes d'ulves qui sont ramassées chaque année pour la seule Bretagne. La plus grande marée verte jamais observée produisit 550 000 tonnes d'algues dans la lagune de Venise en 1987 ! Toujours plus : c'est un peu le refrain de nos sociétés industrialisées depuis le début du XXe siècle...

La demande croissante des consommateurs implique une augmentation de la production agricole et donc de l'utilisation d'engrais (nitrates et phosphates). L'apport en excès des nitrates est emporté par la pluie dans les cours d'eau et leur arrivée est accélérée par la suppression des haies. L'azote qui compose les nitrates se répand en mer, dans les baies peu profondes et les lagunes, et nourrit les ulves qui, en présence de chaleur et de lumière, croissent énormément.

Si l'agriculture en est l'acteur principal, nos eaux usées rejetées par les stations d'épuration contribuent aussi au déséquilibre. Ces marées vertes enlaidissent les paysages et sont nauséabondes car les ulves pourrissent et sont même toxiques. Ainsi, elles ont un impact négatif sur la vie quotidienne, le tourisme et la production de fruits de mer.

En savoir +

Le phénomène de marée verte en mer peut être rapproché de l'asphyxie des eaux douces par "eutrophisation". Le processus est identique : une rivière devient trop riche en éléments nutritifs, algues et plantes aquatiques prolifèrent et, lorsqu'elles se décomposent, consomment l'oxygène de l'eau. Résultat : les autres espèces disparaissent peu à peu.

Marée verte atteignant les bouchots de production de moules dans la baie de Saint-Brieuc. Un bateau boucholeur navigue entre les rangées touchées par cette marée verte.

Tortue verte nageant vers un sac plastique qu'elle prend pour une méduse, dans l'archipel des Comores (océan Indien).

Nos poubelles au fond des mers

La mer est parcourue par des déchets d'origine naturelle : les organismes morts peuvent flotter un temps, au fil des courants, des marées et des vagues, puis leur chute les entraîne vers le fond. Si la marée les dépose sur le littoral, en particulier les plages, ils forment la "laisse de mer" qui a un réel rôle écologique. Mais combien de déchets non naturels y trouve-t-on ? Il en va de même pour les fonds marins.

Plongeur inspectant une carcasse de voiture sur la côte de Croatie (mer Adriatique).

La laisse de mer – ce long cordon de débris naturels laissés par la marée – est nécessaire à la vie de la plage. Elle l'enrichit en matières nutritives, ce qui permet à des microorganismes et des invertébrés de vivre et d'être mangés par des oiseaux. Ce dépôt naturel freine l'érosion des plages et du pied de dune en stabilisant le sable. Il peut être souillé par des déchets d'origine humaine déplaisants ou dangereux, par des boulettes de pétrole, ou être pollué par une marée verte.

Les matières plastiques constituent la plus grande partie des déchets solides qui polluent mers et littoraux. Comme elles ne pourrissent pas, elles durent très longtemps. Elles représentent donc un risque durable, car elles ne sont pas seulement inesthétiques. De nombreux oiseaux de mer, des cétacés et autres mammifères marins, des tortues marines et des poissons en sont victimes, par blessures ou par entrave des membres dans des fils ou des filets de pêche. Ainsi, comme d'autres espèces, les albatros ingèrent des matières plastiques et en meurent. Quant aux tortues marines, elles prennent les sacs plastiques translucides pour des méduses, leur mets favori, les avalent et s'étouffent. Même les poissons des grands fonds inaccessibles sont touchés.

Si 20 % des déchets viennent des activités humaines en mer, le reste vient des continents. Le problème est tel qu'une véritable île gigantesque de déchets reste piégée dans une zone calme de l'océan Pacifique Nord. Elle serait au moins aussi vaste que la France !

Pêcheurs tendant un filet pour attraper des poissons sur le littoral du delta du Gange en Inde (océan Indien).

Artisans de la pêche

La pêche traditionnelle existe depuis des temps immémoriaux. On en retrouve des traces – outils, déchets de repas, gravures rupestres – au paléolithique, il y a 40 000 ans. Elle représente une activité économique et une source de protéines alimentaires essentielles dans le monde.

Un jeune garçon va vendre des poissons pêchés dans le golfe du Bengale (océan Indien).

On parle de pêche traditionnelle par opposition à l'industrie de la pêche. La première est destinée essentiellement à la consommation locale, tandis que la pêche industrielle met en jeu des engins lourds qui dépeuplent les océans pour alimenter les marchés nationaux et internationaux.

98 % des pêcheurs dans le monde sont des artisans. Ils travaillent en prélevant de manière raisonnée, pour nourrir leur famille et pour vendre l'excédent de leurs prises localement. Il s'agit d'une activité durable. La preuve : cette pêche existe depuis la préhistoire et n'a jamais épuisé la ressource.

Comme pour la chasse vivrière, il existe une multitude de techniques et d'outils, adaptés aux milieux et surtout aux espèces recherchées. Les procédés se sont peu à peu modernisés : les embarcations se sont perfectionnées, des moyens pour mieux conserver les poissons pêchés se sont répandus. Tout cela a amélioré le confort des pêcheurs, les possibilités de vente et la quantité des prises.

Pourtant, les communautés de pêcheurs traditionnels subissent plus gravement encore la chute des stocks occasionnée par la surpêche industrielle et les gaspillages qu'elle entraîne. En effet, ces artisans ne disposent pas de moyens importants de modernisation de leur pêche et ils sont intimement liés à leur milieu de vie. Dans les pays côtiers africains ou asiatiques, les pêcheurs tentent de s'organiser et de faire entendre leur voix. Leur activité est capitale pour la sécurité alimentaire, l'emploi et l'économie de leurs pays. Et la lutte contre les chalutiers, les bateaux-usines et la modification du littoral, est un combat difficile.

Thon rouge du Sud pris dans un filet, Grande Baie australienne (océan Austral). Cette espèce emblématique occupe les eaux de l'hémisphère sud. Elle est considérée comme en danger critique d'extinction à cause de la surpêche.

Deux poissons que l'homme épuise

Présente entre 150 à 200 mètres, la morue est surtout liée au fond marin où elle trouve sa nourriture en chassant. Nageur performant, le thon est un migrateur qui vit en bancs plutôt à la surface et effectue d'immenses traversées. Leurs points communs : tous deux ont une grande importance commerciale, mais sont victimes de la surpêche.

Séchoir à morues dans l'archipel des Lofoten en Norvège (océan Atlantique Nord). La morue est aussi conservée salée.

Dès le Moyen Âge, le commerce de la morue est l'un des plus importants d'Europe : ses stocks sont immenses, sa conservation est excellente et sa chair appréciée. On la trouve au large des côtes du Canada, du Groenland, des îles Britanniques, de la Norvège et surtout de l'Islande. Combien de marins, bretons ou basques, ont dû affronter de terribles tempêtes pour aller pêcher la morue et y ont laissé la vie ? Son intérêt commercial est toujours d'actualité, mais l'espèce s'est effondrée, victime d'une pêche intensive qui s'est industrialisée et est devenue trop meurtrière. La morue atteint la maturité sexuelle vers 3 ou 4 ans et la plupart des poissons pêchés aujourd'hui n'ont même plus le temps de se reproduire. Les quotas en vigueur n'y changeront peut-être rien. Certains estiment qu'il est déjà trop tard et qu' elle va disparaître à tout jamais. De plus, la morue est un superprédateur, mangeur de poissons carnivores et d'invertébrés ; elle concentre donc les substances toxiques déversées dans l'Atlantique Nord par nos sociétés modernes.

4 millions de tonnes de thon sont pêchés dans le monde par an ! Comme ce poisson vit en bancs, il est assez facile à capturer. De plus, sa chair constitue une alimentation saine et très appréciée. Les progrès des techniques de pêche ont quasiment fait doubler les prises entre 1950 et 2000. La senne tournante, qui encercle les poissons et les maintient en vie tout en les déplaçant, a permis la multiplication de fermes d'engraissement pour alimenter le marché japonais, très demandeur de thon rouge de qualité pour les sushis-sashimis. Mais ces fermes sont des dévoreuses de "poissons fourrages" prélevés dans le monde entier pour engraisser les thons. Ce système fou et polluant anéantit les stocks de thons et dépeuple les mers pour nourrir les captifs !

Chalutier au filet gorgé de poissons arrivant au port de Gloucester, Royaume-Uni. Aiguillats, limandes, plies rouges et morues sont pressés sous le poids de la prise.

Les ravages de la surpêche

La pêche est une activité sans doute née avec les premiers hommes ; elle représente une source essentielle de protéines dans l'alimentation humaine. Comme pour d'autres activités économiques, au fil des siècles, les techniques se sont développées, permettant de capturer de plus en plus de prises : la pêche est devenue industrielle.

Flottille de chalutiers dans le port d'Essaouira, au Maroc (océan Atlantique Nord).

Le poisson est le "gibier" qui subit la plus incroyable pression humaine. Pourtant, il ne s'agit pas de braconnage. Le ratissage des océans, pratiqué par un million et demi de bateaux, épuise les réserves de poissons en toute légalité. Depuis 1900, on a multiplié par trente la quantité de poissons pêchés ! Et ce, pour l'alimentation humaine et animale, sans compter le gaspillage des prises accessoires.

D'immenses bateaux sont capables de pêcher très loin et très profond, et la congélation des prises directement à bord leur permet de rester longtemps au large. Des bancs entiers de poissons peuvent être totalement prélevés. Les captures sont telles, que les populations de poissons n'ont pas assez de temps pour se reproduire afin de compenser les pertes. Les pêcheurs finissent par pêcher des poissons de plus en plus jeunes qui ne se sont pas reproduits. Et les stocks diminuent ou disparaissent.

Les États s'alarment pour la morue, le thon rouge, l'anchois, mais ce sont 80 % des stocks de poissons commerciaux qui sont exploités au maximum, voire en déclin. Face à cette raréfaction, les bateaux-usines pêchent de nouvelles espèces dans les abysses, jusqu'à 2 000 m de profondeur. Enfin, on estime qu'un quart des poissons sont capturés illégalement. Il est temps de mettre en place une pêche et une consommation durables, ainsi que des sanctuaires marins favorisant la reproduction des poissons.

Un grand gaspillage

Les techniques développées par la pêche moderne industrialisée tendent à capturer de plus en plus de poissons, sur tous les océans et à toutes les profondeurs. Qu'ils soient utilisés très rapidement par encerclement, ou laissés plus longtemps en mer, les immenses filets ne prennent pas seulement les poissons recherchés par les pêcheurs. Ils piègent aussi des animaux qui finissent rejetés à la mer, morts pour rien.

La capture accidentelle est un problème majeur de la pêche mondiale. Ces poissons ont été pêchés et rejetés au fond d'un port de pêche en France (mer Méditerranée).

Ces prises d'animaux non désirés et non utilisés sont nommées les “prises accessoires ou prises secondaires”. Le problème est pourtant primordial pour l'avenir des mers et de la pêche. Les filets maillants capturent les poissons qui les traversent, passent leur tête dans les mailles et restent coincés par les branchies.

Ces filets ont été très utilisés par la pêche industrielle, jusqu'à être incriminés dans la surpêche et son grand gaspillage. Aujourd'hui réglementés, ils sont néanmoins toujours employés. Parfois longs de plus d'un kilomètre, ils capturent tout. Des poissons qui ne sont pas commercialisés ou trop jeunes, mais aussi des reptiles et des mammifères marins qui ont besoin de respirer en surface.

On estime que 20 à 40 millions de tonnes de poissons, requins, invertébrés, oiseaux marins, tortues, phoques, otaries, baleines et dauphins sont ainsi tués chaque année... Pourtant, des solutions techniques existent : effarouchement des oiseaux, ou encore des cétacés, trappes de fuite dans les filets... Ces mesures ne suffiront pourtant pas face au gigantisme du gaspillage. Seules la création de réserves marines, la suppression des moyens de pêches à risque et la limitation de la pêche industrielle auront un impact assez grand.

En savoir +

40 000 : c'est le nombre d'albatros, et aussi de tortues marines, qui sont tués chaque année par les palangres pélagiques. La palangre est une longue succession de lignes de pêche verticales qui dérivent. Les appâts attirent les prédateurs (comme les albatros qui plongent), ils sont alors piégés par les hameçons.

Tortue verte prise dans un filet de pêche, archipel des Tuamotu en Polynésie (océan Pacifique Sud).

Requins en péril

Requins à pointes noires dans un lagon de l'archipel des Tuamotu en Polynésie (océan Pacifique Sud).

Les requins sont à la fois des animaux qui fascinent et les mal-aimés de la mer. On attribue à ces "poissons cartilagineux" toutes sortes de risques et de méfaits. Pourtant, sur environ 460 espèces occupant les mers du globe, seule une douzaine présente un danger pour l'homme. Et aujourd'hui, c'est bel et bien l'homme qui les met en péril. Car les requins font l'objet d'une pression de pêche extrêmement importante.

Homme triant les ailerons de requin séchant au soleil en Afrique du Sud (océan Indien).

Des requins trop pêchés ? Comment est-ce possible ? On n'en mange jamais et l'on n'en voit pas sur les étals des poissonniers, pensez-vous. En effet, la consommation de leur chair est marginale dans nos pays. Les poissonniers osent à peine écrire le mot "requin" pour le vendre. Souvent présenté pelé, ils l'appellent alors saumonette. Mais ailleurs dans le monde, son utilisation est un épouvantable exemple de gaspillage.

Présents dans tous les océans, presque dans leur aspect actuel, depuis 100 millions d'années, les requins sont des prédateurs très efficaces, essentiels à la santé des écosystèmes à la tête desquels ils se trouvent. Ils sont intensivement pêchés, presque exclusivement pour leurs ailerons (nageoires). Pourtant, tout est utilisable dans un requin, mais la rémunération pour les ailerons est si élevée que le reste de l'animal est rejeté à la mer. Ces ailerons servent à préparer des soupes dans les pays asiatiques, particulièrement en Chine.

Mais le *shark finning*, ou rejet du requin après découpe des ailerons, pratiqué dans les pays en développement, n'est pas la seule menace qui pèse sur eux. Pour alimenter ce marché asiatique lucratif, les flottes occidentales prélèvent aussi des requins. Et il est bien difficile d'établir des quotas : on ignore tout de la biologie de la plupart des espèces et on ne sait comment évaluer ce gigantesque braconnage. Une chose est sûre : les requins disparaissent rapidement des océans.

Structures de pisciculture en Chine.

Les élevages de poissons

La surpêche appauvrit les océans et tend à faire disparaître les stocks de poissons sauvages. Une alternative est proposée : l'élevage de certains poissons de mer pour assurer l'approvisionnement. Ainsi, les saumons, excessivement pêchés en France depuis le XVIIIe siècle, ont quitté nos cours d'eau depuis longtemps. Pourtant, nous n'en avons jamais manqué dans nos assiettes, car ils sont produits par élevage. Mais cette pisciculture est-elle vraiment une solution ?

Culture de plancton dans une ferme piscicole sur l'île de Noirmoutier en France (océan Atlantique Nord). Ce plancton va nourrir les larves de turbots élevés dans la pisciculture.

L'argument en faveur de l'aquaculture était de résoudre les problèmes de famine par l'apport des protéines des poissons. Pour répondre à cet objectif, leur élevage s'est surtout développé sur les continents, en eau douce, sa production servant à nourrir les populations locales.

La pisciculture marine représente seulement 10 % de la production mondiale de poissons. C'est une activité récente, destinée le plus souvent à l'exportation, qui nécessite d'importantes structures. Mais ce secteur est en constante et forte augmentation.

Les élevages de poissons de mer sont divisés en deux : plus de la moitié concerne les saumons, le reste concerne les autres espèces. L'écologie des poissons de mer est exigeante et leur élevage nécessite la recherche de techniques adaptées. C'est pourquoi peu d'espèces différentes sont élevées : elles sont passées de 17 en 1980 à plus de 70 aujourd'hui.

La pisciculture marine exploite des espèces carnivores. Il faut donc nourrir ces poissons d'élevage avec d'autres poissons sauvages que l'on pêche en grande quantité, ce qui aggrave le problème de la surpêche. De plus, les enclos laissent s'échapper excréments polluants, germes, produits chimiques et antibiotiques. Ces dernières nuisances s'ajoutant aux pollutions urbaines nocives.

En savoir +

L'élevage du thon rouge, une espèce gravement menacée de disparition, est particulier, car il s'agit d'embouche : on pêche des poissons sauvages pour les engraisser ensuite en enclos marin.

Parc à huîtres dans l'étang de Thau, lagune reliée à la mer Méditerranée, France.

Les élevages de coquillages

Depuis toujours, les humains consomment des coquillages cueillis dans les gisements naturels. Aujourd'hui encore, cette activité perdure pour l'alimentation de la famille ou pour les loisirs. Pour satisfaire la demande et permettre d'en consommer régulièrement, les coquillages sont maintenant exploités dans des "fermes d'élevage". Cette activité, la conchyliculture, produit 13 millions de tonnes de mollusques par an, de qualité sanitaire contrôlée.

Plongeur examinant un sac d'huîtres perlières, archipel des Tuamotu en Polynésie (océan Pacifique Sud).

Dans la conchyliculture, deux faits dominent : l'élevage de coquillages se fait essentiellement en Asie avec 92 % de la production mondiale ; et ce sont les huîtres qui représentent la plus grosse production avec 4,5 millions de tonnes ! Parmi elles, notre huître creuse en constitue presque la totalité. Cette huître, originaire du Japon, fut implantée dans divers pays producteurs, puis en France dans les années 1970, où elle permit de faire face à la quasi-disparition de l'huître communément élevée. Viennent ensuite les palourdes et les moules.

Cet élevage doit être adapté à la biologie des mollusques. Le principe général consiste à fixer les larves planctoniques des coquillages apportées par les courants sur des supports. Ces larves grandissent, deviennent de jeunes coquillages ; ceux-ci sont alors prélevés puis placés dans des eaux ou des substrats propices à leur engraissement naturel.

Bien qu'il soit visible sur les littoraux et que les coquillages produits captent beaucoup de nutriments marins, ce type d'élevage ne modifie que très peu les habitats naturels. La présence de gisements naturels et la bonne santé des coquillages d'élevage sont même une garantie de qualité des eaux côtières. On appelle ces organismes des "indicateurs biologiques" de la santé des milieux naturels. En effet, comme ils filtrent l'eau de mer pour se nourrir, ils concentrent les polluants et les toxines.

En savoir +

Une faible part de la production des coquillages répond à un autre objectif : la récolte de perles (huître perlière), de coquillages décoratifs et pour les aquariums.

Un cas d'école

Berceau de la civilisation occidentale, ses côtes dévoilent encore les ruines grecques, romaines, phéniciennes, byzantines... Voie de communication, source de nourriture, élément majeur de paysages somptueux, la Méditerranée a comblé les peuples de son pourtour. Ouverte sur l'Atlantique par l'étroit détroit de Gibraltar, c'est une mer quasiment fermée. Elle est un cas d'école pour l'état de l'Océan mondial tant elle concentre toutes les blessures de mer.

Méditerranée, mer fermée ? En fait, tout comme l'Océan mondial qui n'est pas illimité. Elle concentre les apports et les pollutions et n'a pas une grande capacité de renouvellement. Très attractive, elle abrite 150 millions d'habitants sur ses côtes. Son littoral a été totalement modifié, urbanisé, voire détruit, pour accueillir 200 millions de touristes par an. Ces populations rejettent 50 millions de tonnes d'eaux usées peu ou pas traitées chaque année, engendrant une pollution organique énorme qui favorise le développement d'algues, lesquelles asphyxient l'eau et les milieux. S'y ajoutent les pollutions chimiques. Déjà, certains secteurs sont biologiquement morts.

En savoir +

La Méditerranée accueille 22 % du transport mondial de pétrole et plusieurs centaines de milliers de tonnes d'hydrocarbures sont déversées chaque année, par accidents ou déballastages.

De grands aménagements humains ont modifié les milieux : le percement du canal de Suez a créé une migration d'espèces nouvelles (voir p. 40) et le barrage d'Assouan a réduit l'apport d'eau douce riche en nutriments. Le dérèglement climatique aura des conséquences encore méconnues mais, d'ores et déjà, le réchauffement et la salinisation de la Méditerranée permettent à de nouveaux venus de coloniser ses eaux, tout comme l'important transport maritime qui favorise l'arrivée d'espèces envahissantes. D'autres introductions causent des catastrophes écologiques (algue caulerpa). Enfin, les techniques de pêche intensive diminuent les ressources en poissons et les prises accessoires achèvent d'appauvrir le milieu. L'aquaculture fait courir un risque écologique et sanitaire à ses eaux et implique bien souvent une intensification de la pêche pour alimenter les poissons d'élevage.

Comme pour tous les problèmes d'environnement, ce qui est détruit ne reviendra pas. Il n'est pourtant pas trop tard pour restaurer ce qui est dégradé ou pollué, pour supprimer les causes d'origine humaine. Cela passe par une prise de conscience générale, par une nouvelle manière de vivre de chacun et par une nouvelle façon de gérer les sociétés humaines.

Caulerpes envahissant les herbiers de posidonies au Cap-d'Ail en France (mer Méditerranée).

La mer et bassin méditerranéen vus par satellite.

Ophiure gorgonocéphale sur une gorgone rouge, Parc national de Port-Cros, France (mer Méditerranée).

Impérieuses solutions

Rechercher des solutions pour restaurer notre cadre de vie, notre "environnement" terrestre ou marin, c'est d'abord établir un constat de son état actuel de détérioration. La compréhension des relations qui unissent tous les éléments de l'Océan est indispensable à l'élaboration de mesures de protection et de restauration. Ensuite, c'est de la découverte et de la compréhension que peut naître l'amour de la mer et de la nécessité de la protéger. C'est que l'on appelle la sensibilisation, préalable à l'action.

Caye de Lady Musgrove, Grande Barrière de Corail, Australie (océan Pacifique Sud). Les cayes sont des îles de sable composé de débris de coquillages et de coraux.

Il y a beaucoup à faire pour soigner et sauver les océans, leurs occupants et notre avenir. Il faut modifier et réglementer le secteur de la pêche en respectant à la fois les hommes, leur métier et la biologie des espèces. Certaines doivent être protégées à l'échelle internationale et la pêche doit participer à la gestion des stocks localement (quotas). Quant aux navires-usines industriels et au chalutage de fond, ils devraient être proscrits. Et le moratoire doit se transformer en interdiction définitive de toute chasse à la baleine.

Il est impératif que les continents et les zones littorales soient organisés dans leur expansion et dans leur aménagement, et pour ne plus déverser en mer leurs polluants : gros déchets, produits chimiques et métaux lourds, effluents urbains, industriels et agricoles. La limitation des émissions de dioxyde de carbone (CO_2) diminuera l'acidification des mers, leur réchauffement et leur hausse de niveau. L'extraction et le transport du pétrole doivent être strictement réglementés et sécurisés, et les déballastages stoppés.

L'Océan recouvre plus de 70 % de notre planète et à peine 2 % sont protégés. Il est impératif de créer un réseau d'aires marines protégées et bien gérées, qui seront à la fois des sanctuaires pour la faune et des nurseries repeuplant le reste des océans. Des sites dont la beauté doit pousser à agir les acteurs de l'environnement que nous sommes tous.

En savoir +

À peine 2 % des océans sont classés en réserves, alors que les 17 millions de km² terrestres protégés représentent 11,5 % de la surface des continents. Il faudrait protéger 10 à 15 % du milieu marin pour garantir sa conservation.

Lexique

Abysses :
Zone de grand fond, appelée aussi étage abyssal, elle commence vers 1 000 à 2 000 m de profondeur environ, jusqu'au plancher océanique. Il s'agit d'une vaste plaine qui couvre plus de 80 % du fond des océans. C'est un univers sans aucune lumière, froid, recouvert de sédiments.

Aquaculture :
Ce terme désigne toutes les activités d'élevage et de production d'espèces en milieu aquatique (poissons, crevettes, algues...).

Ballast :
Dans un navire, cavité que l'on remplit ou que l'on vide d'eau de mer, pour lester le bateau et gérer son équilibre ainsi que sa stabilité.

Banquise :
Étendue de mer gelée dans les régions polaires (l'eau de mer gèle entre – 1 et – 2 °C suivant la quantité de sel qu'elle contient). Sa superficie augmente en hiver lorsque l'eau de mer gèle et diminue en été. La fonte de la banquise est dramatique pour les habitants et les animaux des régions arctiques, mais elle ne contribue en rien à l'augmentation du niveau des océans.

Courant d'upwelling (ou remontée d'eau) :
Mouvement d'eau qui se produit le long d'un continent lorsque le vent forme une dépression de surface, ou lors de tourbillons de courants. L'eau de surface est entraînée vers le large, et crée un "vide" remplacé par les eaux venant du fond. Ce courant fait donc remonter les eaux froides, riches en matières nutritives, qui permettent au plancton de se développer et, à sa suite, toute la chaîne alimentaire.

Écosystème :
Ensemble qui comprend un milieu et les espèces qui y vivent et interagissent entre elles et avec leur environnement. Par exemple, sur Terre, la toundra, la forêt équatoriale, la steppe, la montagne... L'Océan qui en est presque un à lui seul comporte la banquise, le récif corallien, le plateau continental...

Effluent :
Désigne tout écoulement d'eau résidu d'une activité ou transportant des déchets. On parle d'effluents agricoles, industriels, miniers, urbains... Ces eaux sont souvent chargées de polluants.

Érosion :
Phénomène d'usure du relief dû aux précipitations, au vent, aux vagues, aux courants... Sur les côtes, l'érosion façonne par exemple les falaises. L'érosion naturelle est lente, mais elle s'accélère à cause de l'urbanisation et des aménagements humains.

Espèces exotiques :
Espèce animale ou végétale qui vit en dehors de son aire de répartition naturelle, à l'inverse d'une espèce autochtone ou indigène.

Organismes pionniers :
Espèce végétale ou animale dont les exigences et le mode de vie et de reproduction lui permettent de constituer le premier stade de colonisation d'un nouveau milieu dépourvu de vie, ou d'un milieu récemment perturbé. En modifiant ce milieu, ces espèces permettent à d'autres de s'installer ensuite et de créer un écosystème plus complexe.

Plancton :
Mot d'origine grecque qui signifie "errant". Il s'agit de l'ensemble des organismes animaux et végétaux, de très petite taille, qui flottent dans la mer au gré du courant. Le plancton est au départ des chaînes alimentaires marines. Voir aussi Phytoplancton et Zooplancton.

Phytoplancton (ou plancton végétal) :
Part du plancton composée de végétaux microscopiques (micro-algues). Ce sont les "producteurs primaires", le premier maillon de la chaîne alimentaire des océans. Grâce à la chlorophylle, le phytoplancton fabrique de la matière organique avec l'eau, le dioxyde de carbone (CO2) et les composés minéraux dissous dans l'eau de mer : c'est la photosynthèse.

Quota de pêche :
Seuil de capture d'une espèce de poissons ou de fruits de mer, défini pour une durée déterminée, en fonction des stocks estimés et de la capacité de renouvellement des populations animales. Son but est de préserver la ressource en pratiquant un prélèvement durable, une pêche acceptable pour la sauvegarde de l'espèce. C'est une réponse à la pêche intensive. Les quotas sont décidés entre États pour que tous les appliquent.

Salinité :
Quantité de sels dissous dans l'eau de mer, principalement du chlorure de sodium (c'est-à-dire le sel de cuisine). Elle est variable d'une mer à l'autre.

Symbiose :
Association entre deux organismes ne pouvant vivre l'un sans l'autre, chacun tirant un bénéfice de cette association.

Trophée :
Partie ou corps entier d'un animal tué à la chasse (par exemple, les défenses d'un éléphant) ou à la pêche (par exemple, la tête d'un requin).

Zooplancton (ou plancton animal) :
Part animale du plancton, donc des organismes "consommateurs". En effet, ceux-ci consomment la matière organique fabriquée par le phytoplancton, qui est le seul capable d'en produire. Le zooplancton est visible ou non à l'œil nu. Il comprend un grand nombre de groupes différents.

CRÉDITS PHOTOS

Toutes les photographies reproduites dans cet ouvrage sont extraites des fonds iconographiques de l'agence Biosphoto.

Couverture : Franco Banfi / Water Frame – Page 6 : C. Bacinello / UNEP / Still Pictures – Page 8 : Reinhard Dirscherl – Page 9 : Yves Lefèvre – Page 10 : A. Seale / Splashdown – Page 11 : Gulf of Maine Prod. / Splashdown – Page 12 : Brandon Cole – Page 13 : Steve Allen / SPL – Page 14 : Gérard Soury – Page 15 : Jeffrey Rotman – Page 16 : Steven Kazlowski / Peter Arnold – Page 17 : NASA / UNEP / Still Pictures – Page 18 : J.-F. Hellio & N. Van Ingen – Page 19 : Jean-Claude Carton – Page 20 : J.-F. Hellio & N. Van Ingen – Page 21 : Joerg Boethling / Still Pictures – Page 22 : Laurent Piechegut – Page 23 : Brandon Cole – Page 24 : Antoine Lorgnier – Page 25 : Mark Lynas / Still Pictures – Page 26, bg : Alexis Rosenfeld / SPL ; h : Reinhard Dirscherl – Page 27 : Peter Scoones / SPL – Page 28 : Norbert Wu – Page 29 : Ron Giling / Lineair – Page 30 : Laurent Piechegut / PMCB – Page 31 : Reinhard Dirscherl – Page 32 : Peter Frischmuth / Argus – Page 33 : W. Min / UNEP / Still Pictures – Page 34 : Das Fotoarchiv – Page 35 : Jochem Wijnands / Lineair – Page 36: Philippe Giraud – Page 37 : Janke Reinhhard / Argus – Page 38 : Michel Gunther – Page 39 : Van Cappellen / UNEP / Still Pictures – Page 40 : Yann Hubert – Page 41 : Dominique Halleux – Page 42 : Farid Khayrulin / UNEP / Still Pictures – Page 43 : Ricardo Funari / Lineair – Page 44 : P. Durand / UNEP / Still Pictures – Page 45 : J. Ledesma / UNEP / Still Pictures – Page 46 : M. Flores / UNEP / Still Pictures – Page 47 : K. Adam / UNEP / Still Pictures – Page 48 : Jean-Luc Kokel – Page 49 : Jean-Luc Kokel – Page 50 : Pierre Huguet – Page 51 : Reinhard Dirscherl – Page 52 : Prasanta Biswas / Majority World – Page 53 : Nazrul Islam / Majority World – Page 54 : David B. Fleetham / OSF – Page 55 : J.-L. Klein & M.-L. Hubert – Page 56 : Jeffrey Rotman – Page 57 : Olivier Digoit – Page 58 : Yann Hubert – Page 59 : Laurent Piechegut – Page 60 : Yann Hubert – Page 61: Jeffrey Rotman – Page 62 : UNEP / Still Pictures – Page 63 : Lionel Astruc – Page 64 : Régis Domergue – Page 65 : Alexis Rosenfeld / SPL – Page 66 : Geospace / SPL – Page 67, h : NASA / SPL – Page 67, b : Laurent Piechegut – Page 68 : Laurent Piechegut – Page 69 : Ted Meat / Still Pictures.

Dans la même collection

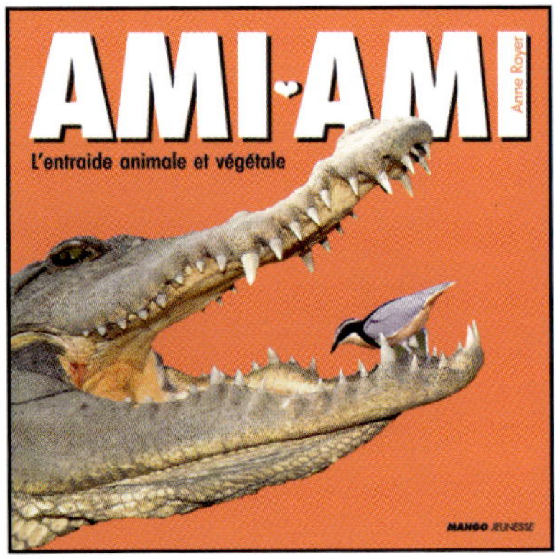

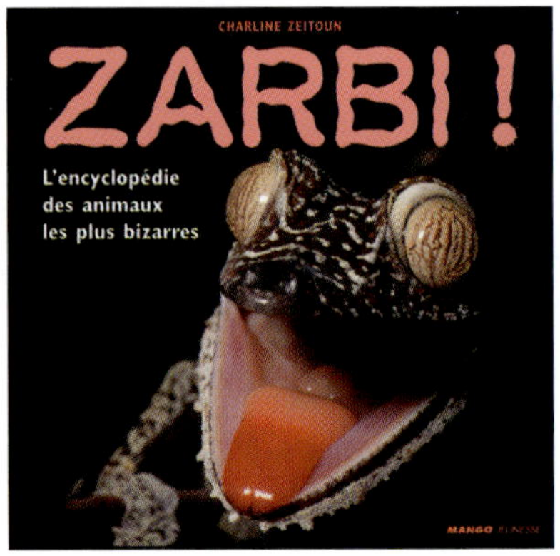